ROSEANA MURRAY

Rios da alegria

1ª EDIÇÃO

© ROSEANA MURRAY 2005

COORDENAÇÃO EDITORIAL	Maristela Petrili de Almeida Leite
EDIÇÃO DE TEXTO	Erika Alonso
COORDENAÇÃO DE PRODUÇÃO GRÁFICA	André Monteiro, Maria de Lourdes Rodrigues
COORDENAÇÃO DE REVISÃO	Estevam Vieira Lédo Jr.
REVISÃO	Ana Cortazzo, Denise Ceron, Estevam Jr.
EDIÇÃO DE ARTE	Ricardo Postacchini
CAPA E ILUSTRAÇÕES	Andréia Resende
DIAGRAMAÇÃO	Ricardo Yorio, Camila Fiorenza Crispino
COORDENAÇÃO E TRATAMENTO DE IMAGENS	Américo Jesus
SAÍDA DE FILMES	Helio P. de Souza Filho, Marcio H. Kamoto
COORDENAÇÃO DE PRODUÇÃO INDUSTRIAL	Wilson Aparecido Troque
IMPRESSÃO E ACABAMENTO	Forma Certa Gráfica Digital
LOTE	777190
CÓD.	12045706

Dados Internacionais de Catalogação na Publicação (CIP)
(Câmara Brasileira do Livro, SP, Brasil)

Murray, Roseana
 Rios da alegria / Roseana Murray. — 1. ed. —
São Paulo : Moderna, 2005. — (Coleção veredas)

 1. Literatura infantojuvenil I. Título.
II. Série.

05-1735   CDD-028.5

Índices para catálogo sistemático:

1. Poesia: Literatura infantojuvenil 028.5
2. Poesia: Literatura juvenil 028.5

ISBN 85-16-04570-6

Reprodução proibida. Art.184 do Código Penal e Lei 9.610 de 19 de fevereiro de 1998.

Todos os direitos reservados

EDITORA MODERNA LTDA.
Rua Padre Adelino, 758 - Belenzinho
São Paulo - SP - Brasil - CEP 03303-904
Vendas e Atendimento: Tel. (0_ _11) 2790-1300
Fax (0_ _11) 2790-1501
www.modernaliteratura.com.br
2023

Impresso no Brasil

Para Juan,
para André e Dani,
Guga e Patrícia,
para Evelyn e Julia.

Poesia é o impossível feito possível.

Federico García Lorca

Sumário

Rios da alegria 7

Mergulho 8

Peixes azuis 9

Mar 10

Chuva 11

Terra musical 12

Peregrinos 13

Sílabas quentes 14

Girassóis 15

Folha 16

Árvores 17

Tribo 18

Alfabeto 19

Cesta de pássaros 20

Jabuticabeira 21

Abraço 22

Pele e outras palavras 23

Paciência 24

Fio de lua 25

Primeiro vaga-lume 26

Outono 27

Som do universo 28

Nas nuvens 29

Felicidades 30

Rios da alegria

Onde correm dentro da alma
os rios da alegria?

Por quais geografias
de tempos misturados,
despenhadeiros
ou vales enluarados?

Em suas águas nadam
peixes de luz quase invisíveis,
fugidios,
rumo a um mar desconhecido.

Deságuam no olhar
esses rios,
como partituras
escritas com o sopro
das estrelas.

Mergulho

Para encontrar o amor
há que mergulhar o corpo
na tinta dos sonhos,
atravessar o canto das baleias
como se fosse uma ponte,
adivinhar a rota dos que sempre
partiram com meia dúzia
de panos e pertences, em busca
de uma água escondida.

Para encontrar o amor
é preciso lavar as mãos
com o fogo das estrelas
e ao entardecer tocar a harpa
do arco-íris.

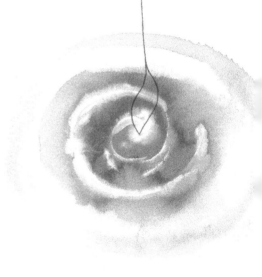

Peixes azuis

Varrer a casa,
varrer o pátio,
a calçada,
arrancar do jardim
as ervas daninhas,
abrir espaço,
limpar as águas
por onde irão passar
os peixes azuis da vida.

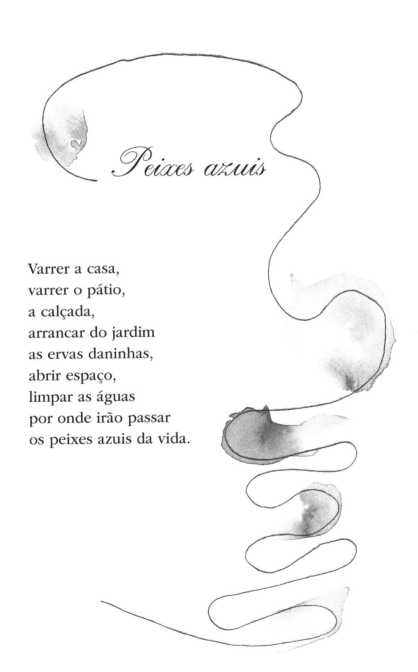

Mar

Olho o mar.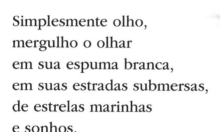

Simplesmente olho,
mergulho o olhar
em sua espuma branca,
em suas estradas submersas,
de estrelas marinhas
e sonhos.

Invento uma alma navegante.

Em minha nau atravesso luas
e continentes, em minha rede
apanho conchas azuis e pequenas
pérolas.
Finalmente chego ao princípio
do mundo e amarro meu barco
no cais onde se encontram
todos os viajantes de todos
os tempos.

Quem encontrará o mapa da paz?

Chuva

A chuva escreve música
na partitura dos telhados,
onde os gatos dançarão valsas
com suas patas de veludo.
Faz música a chuva
com quase nada:
um pouco de nuvem e vento,
um pouco de sino,
esses são seus instrumentos.
Depois virá o sol
com seus acordes amarelos,
e os bem-te-vis abençoarão o mundo.

Terra musical

Para onde vai a Terra
dentro do céu,
imenso barco carregando
nossas tristezas e alegrias,
pequenas felicidades azuis,
nosso coração, nosso hálito,
nossas esperanças?

Da Terra escapam os suspiros
e os gritos de todos os que nascem,
e tudo isso se junta à musica silenciosa
do cosmos,
e vamos todos, mãos e pés entrelaçados.

Para onde vamos embarcados
com nossas vidas transitórias?
Embarcados na Terra Musical,
esse pássaro imenso
ondulando pelo céu,
atravessando as estradas
do silêncio,
até que um dia se encontre,
pequena estrela perdida,
a partitura da paz.

Peregrinos

Lá vão os peregrinos, os loucos,
passo por passo
em busca do possível:
um pouco de água clara
no oco das mãos,
um fio prateado de lua
para costurar os sonhos,
uma toalha feita com o brilho
de todos os olhos,
para forrar a mesa
onde se comerá
o fruto permitido.

Sílabas quentes

Como a chuva que lava
a pele das flores,
no cálice da noite,
em segredo,
derrame lentamente
uma palavra mágica,
onde coubesse de uma só vez
todas as sílabas quentes.

Girassóis

Espero dezembro
para plantar girassóis
e trazer Van Gogh e o Sol
para dentro do jardim.

As pétalas ardentes
irão manchar de alegria
a terra e o ar
e tudo parecerá voar
em um grande abraço
amarelo.

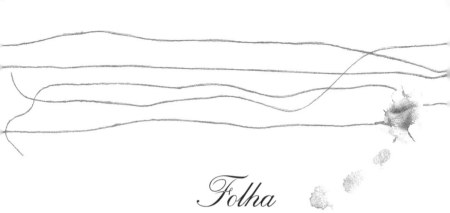

Folha

Dormir sobre um sonho
como uma folha
em seu silêncio,
como um galo
sobre seu canto
e fabricar flores
e manhãs.

Buscar nas mãos
do outro
as linhas que conduzem
aos rios do amor
onde, nas margens,
oscilando,
há sempre um barco
à espera.

Árvores

Se pudéssemos plantar palavras,
como se planta uma árvore,
tantos frutos invisíveis
contidos em seu silêncio,
tanta sombra ao meio-dia
em seu futuro,
palavras simples e quentes,
amor, pão, mel, encontro,
as sementes seriam aladas,
e o vento varreria o jardim,
então, pouco a pouco,
atravessando montanhas,
mares, cidades,
a paz cobriria o mundo.

Tribo

Há uma tribo que sonha
e nunca esqueceu as asas.
E acredita em coisas simples,
sol, pão, chuva, beijo, lua.
E mesmo quando o sangue
tinge as tardes e os rios,
e as palavras se transformam
em veneno, pedras e facas,
alimenta as sementes da esperança
com lágrimas e pequenos gestos limpos
para que virem árvore.

Alfabeto

É muito útil estudar
o alfabeto das flores miúdas
esquecidas na beira dos caminhos.
Pequenas florezinhas amarelas
como mensagens perdidas.
Elas dizem sim à vida, ao Sol,
à chuva, sim ao amor que nasce
todos os dias, invisível,
e com sua luz ilumina a Terra.

Cesta de pássaros

A manhã é uma cesta trançada
com fios de luz.
Nota por nota,
o canto dos pássaros
constrói a cidade sonhada.

Caminharemos todos,
como se pisássemos
em uma sonata azul,
e nossas mãos inventarão
novos gestos, novos mapas
onde o amor será sempre possível.

Nenhum homem matará outro homem.
Então a Terra sairá
da sua órbita bem comportada
e, livres da força da gravidade,
seremos ao mesmo tempo
gente e pássaro.

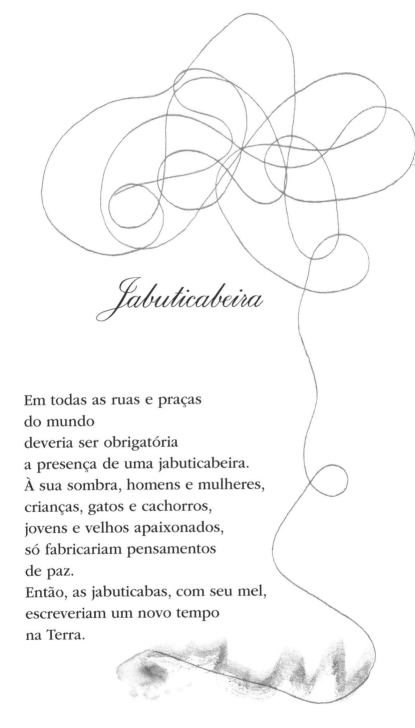

Jabuticabeira

Em todas as ruas e praças
do mundo
deveria ser obrigatória
a presença de uma jabuticabeira.
À sua sombra, homens e mulheres,
crianças, gatos e cachorros,
jovens e velhos apaixonados,
só fabricariam pensamentos
de paz.
Então, as jabuticabas, com seu mel,
escreveriam um novo tempo
na Terra.

Abraço

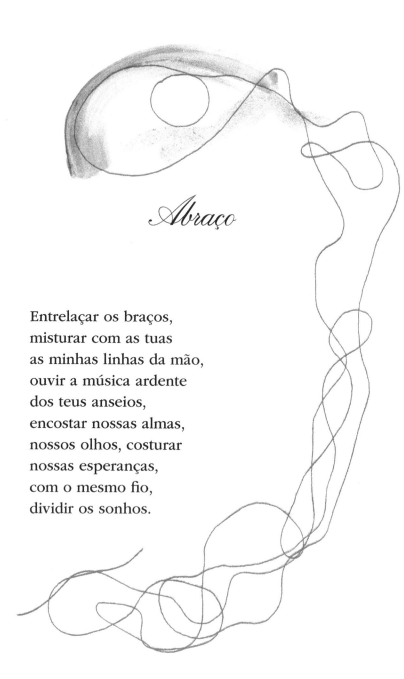

Entrelaçar os braços,
misturar com as tuas
as minhas linhas da mão,
ouvir a música ardente
dos teus anseios,
encostar nossas almas,
nossos olhos, costurar
nossas esperanças,
com o mesmo fio,
dividir os sonhos.

Pele e outras palavras

Abro a palavra concha
cuidadosamente
para que o mar
aí contido
não se derrame.

Cubro a pele
com a palavra penumbra,
suntuosa como unguento
e me desmancho
em seu silêncio.

Como o vento
afiando um penhasco,
existe a hora sagrada
de afiar palavras:
quando o canto dos pássaros
se arruma em suas gargantas
e a lua assombra
o primeiro beijo dos amantes.

Paciência

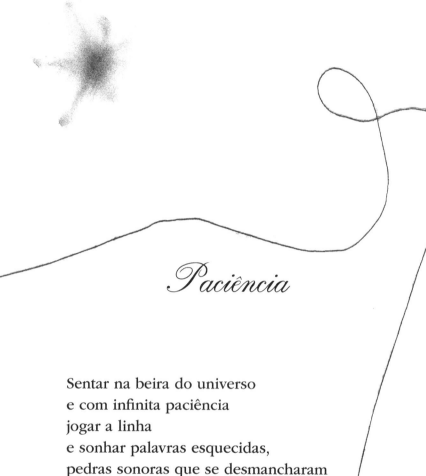

Sentar na beira do universo
e com infinita paciência
jogar a linha
e sonhar palavras esquecidas,
pedras sonoras que se desmancharam
como bruma.

Uma estrela lateja solitária
à espera de ser colhida.

Quando dois olhos se encontram
tudo é possível.

Fio de lua

Um fio de lua escorre
pelas frestas do telhado,
abre uma fenda no sonho,
invade ruas e esquinas,
inventa um alfabeto de prata,
abre as gaiolas do tempo,
acorda os pássaros da paz.

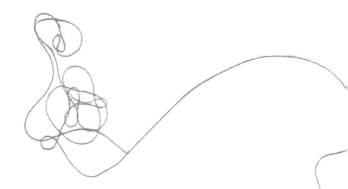

Primeiro vaga-lume

Há um unicórnio pousado
no parapeito da janela:
com seus olhos dourados
espreita o mundo,
espera o instante exato
em que se acenderá o primeiro
vaga-lume
para alçar voo rumo ao poema.

Outono

O outono escreve com vento
longas cartas alaranjadas
de luz diáfana
e traz como um perfume
a presença dos amigos ausentes,
dos sonhos antigos,
dos desejos que guardávamos
em caixinhas de música.

O outono nos convida
para o longo baile
dos amores perdidos:
convém reinventar roupas
de seda e renda,
gestos lentos e palavras
tecidas com suspiros.

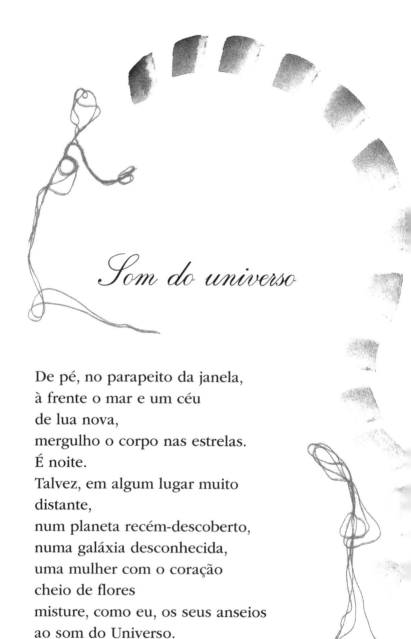

Som do universo

De pé, no parapeito da janela,
à frente o mar e um céu
de lua nova,
mergulho o corpo nas estrelas.
É noite.
Talvez, em algum lugar muito
distante,
num planeta recém-descoberto,
numa galáxia desconhecida,
uma mulher com o coração
cheio de flores
misture, como eu, os seus anseios
ao som do Universo.

Nas nuvens

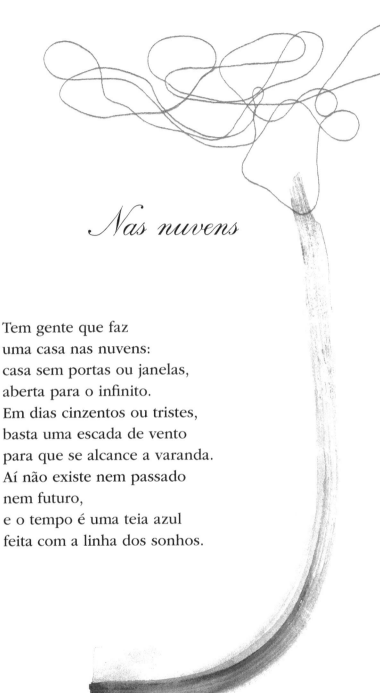

Tem gente que faz
uma casa nas nuvens:
casa sem portas ou janelas,
aberta para o infinito.
Em dias cinzentos ou tristes,
basta uma escada de vento
para que se alcance a varanda.
Aí não existe nem passado
nem futuro,
e o tempo é uma teia azul
feita com a linha dos sonhos.

Felicidades

Pequenas felicidades
passeiam por nossos dias
como joaninhas na palma
da mão,
como um desenho de orquídea
trazido pelo vento.
Para não desperdiçá-las
há que estar sempre atento,
caminhar vagarosamente
pelos contornos da tarde,
encher os bolsos com a areia
dourada do tempo.

AUTORA E OBRA

Vivo em Saquarema, junto com o Juan Arias, as gatas Luna e Babel e a jabuti Belinha. Aqui escrevemos nossos livros, recebemos os filhos e os amigos, e deixamos que os rios da alegria corram soltos pela casa.

Rios da alegria nasceu com um telefonema do meu filho Guga, que é músico. Ele estava na França com o seu trio preparando um espetáculo junto com músicos franceses. O espetáculo se chamaria "Terra musical", e ele me pedia um poema com esse título para colocar no programa. Fiz o poema e tive vontade de continuar. Fui então desenrolando o novelo e este poema, "Terra musical", deu o tom do livro.

Rios da alegria fala de muitas coisas, entre elas de uma tribo que o escritor José Saramago chamou de "tribo da sensibilidade". É a tribo de gente como eu e você, gente que não desiste nunca de acreditar que as coisas simples, que parecem impossíveis, são possíveis. Coisas como amor e paz.

Roseana Murray